PUM
ZAS

LA CARTA MÁS ALTA

Casp, 79 – 08013 Barcelona
Tel.: 902 107 007
combeleditorial.com
agusandmonsters.com

Autores representados por IMC Agencia Literaria SL.

Diseño de la colección: Estudi Miquel Puig

Segunda edición: abril de 2017
ISBN: 978-84-9101-204-7
Depósito legal: B-25537-2016
Printed in Spain
Impreso en Índice, SL
Fluvià, 81-87 – 08019 Barcelona

LA CARTA MÁS ALTA

JAUME COPONS &
LILIANA FORTUNY

combel

1

LA FERIA INTERNACIONAL DEL JUEGO DE MESA

A casi todo el mundo le encantan las excusiones de la escuela, pero a mí no. Me estresan mucho. Siempre pienso que me perderé, que me dejaré algo o que me aburriré mortalmente. Y tengo que decir que la primera excusión de curso me pilló completamente desprevenido. Y, así, de repente, en cuanto llegué a la escuela me encontré haciendo cola para subir a un autocar.

De haber sabido que íbamos de excursión en autocar, no habría tomado leche para desayunar, pero resulta que aquella mañana me había hartado de leche con cereales y… En fin, tampoco quiero dar detalles escabrosos de lo que pasó dentro del autocar.

El viaje no duró demasiado, justo para que sacara a pasear los cereales del desayuno y poco más. De repente, nos situamos ante el Palacio de Congresos donde se celebraba la Feria. Y a mí todo me pareció espectacular.

Que Emma nos dividiera en grupos, como mínimo permitió que Lidia, los monstruos y yo pudiéramos pasear a nuestro aire por la Feria. Y la verdad es que nos gustó porque vimos un montón de juegos de mesa.

Pasamos por una infinidad de salas donde la gente jugaba a todo tipo de juegos de mesa. Algunos eran antiquísimos, como el awalé, y había muchos que ni siquiera sabía cómo se llamaban.

De repente descubrí un juego que me encantó: el fútbol de botones. Me pareció increíblemente sencillo, divertido y ocurrente. Cuando te tocaba chutar, con un botón tenías que chutar otro para intentar meter un gol a tu contrincante.

Vimos puzles en 2D y 3D, juegos de equipo y juegos individuales. Y también había juegos que parecían muy fáciles y otros que requerían un esfuerzo mental bestial.

Yo, que nunca me había sentido atraído por los juegos de mesa, porque antes de conocer a los monstruos me dedicaba a las consolas y las pantallas (de la tele, del teléfono, de la tablet...) y tras conocerlos me había vuelto más de leer libros, tuve que reconocer que había juegos que parecían muy divertidos.

¡¡¡Args!!! ¡Me acabo de tragar un quesito del Trivial!

Creía que ya lo habíamos visto todo cuando, de repente, llegamos a una gran sala donde vimos algo que nos dejó boquiabiertos: una gran urna de cristal que contenía un millón de euros en monedas… Y esto, por sorprendente que sea, no era nada comparado con lo que había encima de las monedas.

Evidentemente, nos pusimos histéricos. Que el *Libro de los monstruos* estuviera ante nosotros encerrado en una urna de cristal era una oportunidad única de que los monstruos pudieran regresar a su casa. Pero ¿qué significaba aquello?

Por suerte Lidia encontró unos folletos que explicaban de qué iba todo aquello. Y así fue como supimos que aquella urna contenía los premios de un torneo de juego de mesa. Y casi nos quedamos sin palabras. Solo nos salían monosílabos.

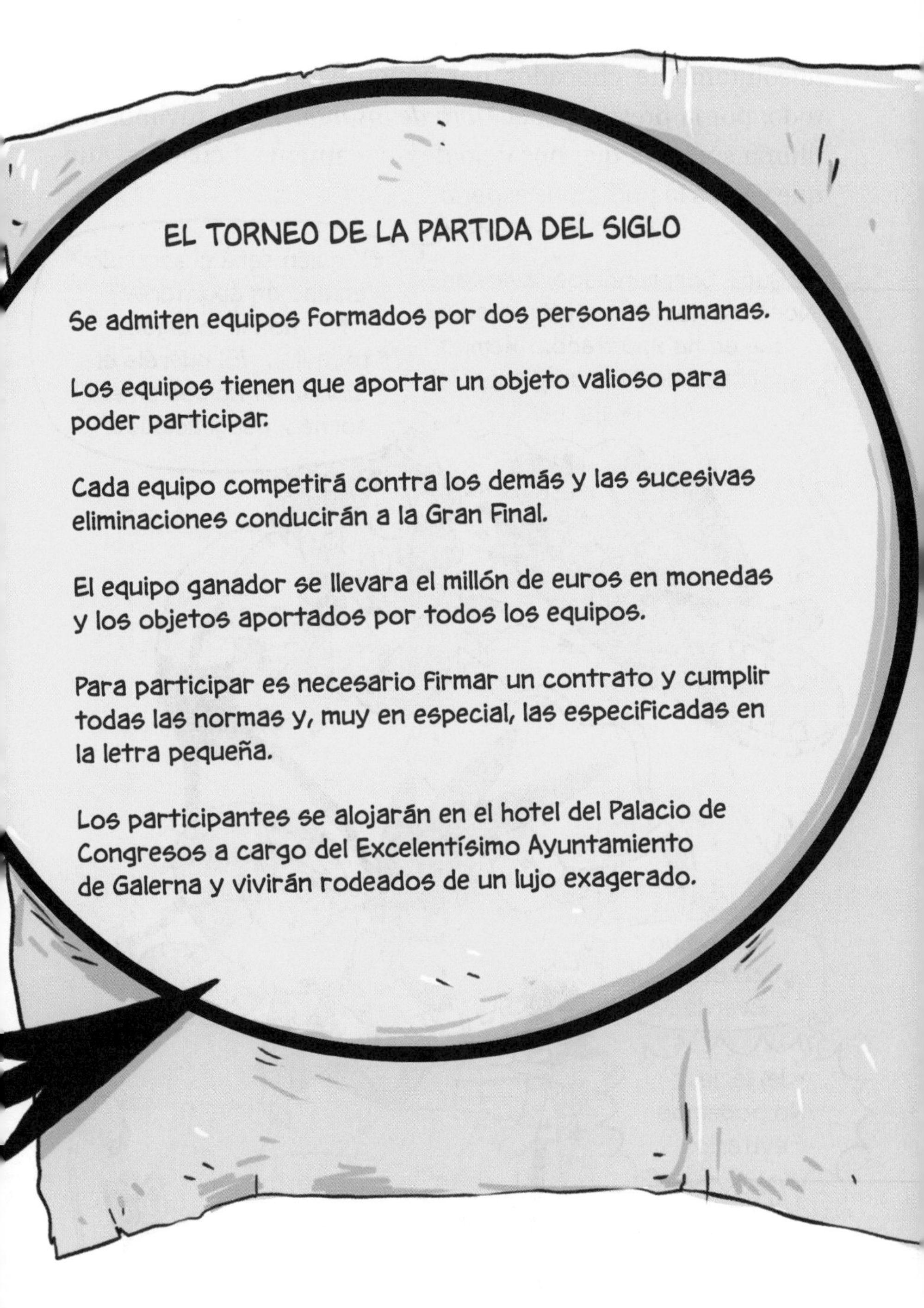

EL TORNEO DE LA PARTIDA DEL SIGLO

Se admiten equipos formados por dos personas humanas.

Los equipos tienen que aportar un objeto valioso para poder participar.

Cada equipo competirá contra los demás y las sucesivas eliminaciones conducirán a la Gran Final.

El equipo ganador se llevara el millón de euros en monedas y los objetos aportados por todos los equipos.

Para participar es necesario firmar un contrato y cumplir todas las normas y, muy en especial, las especificadas en la letra pequeña.

Los participantes se alojarán en el hotel del Palacio de Congresos a cargo del Excelentísimo Ayuntamiento de Galerna y vivirán rodeados de un lujo exagerado.

Absolutamente chocados por aquel extraño torneo y, sobre todo, por la presencia del *Libro de los monstruos*, tuvimos una última sorpresa que nos dejó definitivamente a cuadros. Aunque ya nos la podíamos esperar.

2

LOCURA TOTAL

Literalmente nos volvimos locos. Teníamos que apuntarnos al Torneo como fuera. Era una oportunidad de oro poder recuperar el *Libro de los monstruos*. Pero antes teníamos que calmarnos un poco y, además, había que resolver algunos problemas.

Un momento,
un momento.
Calmémonos un poco
y hagamos las cosas
de una en una. O, por
lo menos, repartamos
el trabajo y vayamos
paso a paso...
¿Se puede saber
qué haces con
un carro lleno de
carbón, Brex?
Nada, nada, ya
veréis... Acabo de
recordar un cómic
del año 1974.

Hicimos lo que dijo Ziro: nos repartimos las tareas. Lidia y yo convencimos a Emma de que si ganábamos el Torneo, donaríamos el millón de euros a la escuela. La idea era que utilizaran el millón para arreglar el tejado. Hacía años que estaba lleno de agujeros y siempre que caían cuatro gotas, dentro de la escuela llovía a cántaros. Evidentemente, Emma estuvo encantada. Y nosotros también, porque solo queríamos conseguir el *Libro*.

Y los monstruos tampoco perdieron el tiempo. Brex creó un inmenso diamante que prácticamente sacó de la nada.

Estábamos felices y preparados para afrontar lo que se nos venía encima. Solo era necesario preparar el equipaje para ir a instalarnos al hotel.

Cuando los monstruos se dieron cuenta de que ni Lidia ni yo éramos muy aficionados a los juegos de mesa, el Sr. Flat nos hizo unas preguntas.

¿Así que no sabéis lo que es la brisca?
¡No!
¿Y el mah jong?
¡No!
¿Y las damas chinas?
¡No!
¿Y sabéis alguna cosa de los juegos tradicionales del nordeste del Himalaya?
No, del nordeste no.
¡Qué desastre!

Pasado un momento de cierto susto por parte de los monstruos, decidieron no dejarse llevar por el pánico que les produjo darse cuenta de que no sabíamos nada de los juegos de mesa. Y entonces nos sometieron a un entrenamiento intensivo de alto nivel.

¡Nunca habría dicho que pudieran existir tantos juegos!
¡Y me parece que aún hay más! ¡Es una locura!

Trabajamos mucho. Y cuando conseguimos un nivel aceptable jugando a los juegos más conocidos, llegó el momento de leer un poco. Y el Sr. Flat escogió el *Marcelín* de Sempé.

¡*Marcelín* de Sempé es un canto a la amistad!
¡Un himno, diría yo!
Me gustan los dibujos, me gusta el texto, me gusta todo de Marcelín y de su amigo.
Marcelín se sonroja sin ningún motivo y su amigo Renato estornuda sin ninguna razón. Pero ¿quién no tiene un problema en la vida?

Lidia, ¿tú te acuerdas de cuando no éramos amigos?
No mucho. Tengo la sensación de que siempre hemos sido amigos, solo que no lo sabíamos.

Antes de que Lidia se fuera a su habitación, por el agujero que Hole abría y cerraba continuamente para que nos pudiéramos comunicar, el Sr. Flat y Ziro hablaron un momento con nosotros.

3

EN EL HOTEL

Al día siguiente cogimos nuestras mochilas (la de la ropa, la de los libros y la de los monstruos), nos encontramos con Emma en la puerta de la escuela y desde allí nos fuimos directamente al Hotel de la Feria Internacional del Juego de Mesa.

En el Hotel nos recibió el presidente de la Feria y organizador del Torneo, que a su vez era el alcalde de Galerna y el propietario del Hotel de la Feria.

Mientras firmábamos los contratos para participar en el Torneo y le dábamos nuestro diamante al alcalde, Emma no perdió la oportunidad de observar que todo aquello era muy extraño.

Pero ¿se puede saber qué ha dicho el alcalde?
Nada, Agus, no ha dicho nada. ¡Muchas palabras para no decir nada!
Y el pobre, con la de buenos libros que hay en el mundo y la de flores bonitas que existen, nos regala el *Libro de los récords Guinness* y unas flores de plástico.
Este hombre debería olvidarse de tanto lujo y visitar algunas iglesias románicas y catedrales góticas, a ver si empieza a pulir un poco sus gustos.
No me habían dicho nada del diamante... Estos críos son un pozo sin fondo de sorpresas.

El acalde depositó nuestro diamante dentro de la urna de cristal. ¡Ya estaba hecho! Oficialmente ya éramos uno de los equipos del Torneo. Y que quede claro que nuestro diamante causó una gran admiración.

Tras hablar un rato con aquel señor tan amable, nos instalamos en las habitaciones y descubrimos que realmente eran de lujo con mayúsculas. Lidia se instaló en una habitación, yo en otra y, en medio, se instaló Emma.

Para que Lidia no se sintiera sola en su habitación, unos cuantos monstruos se instalaron con ella. Aunque no habría sido necesario porque, gracias a los agujeros de Hole, podíamos pasar tranquilamente de una habitación a otra.

Como el Torneo no empezaba hasta el día siguiente, aprovechamos para dar una vuelta y, entre otras cosas, descubrimos que el lujo del hotel realmente no tenía límites.

Pero lo mejor llegó cuando decidimos volver al salón, y dentro de la urna de cristal además del *Libro de los monstruos* y nuestro diamante, encontramos una guitarra eléctrica, un lingote de oro, un inmenso barril de caviar ruso de una calidad excepcional y una bolsa muy extraña.

Oye, Agus, ¡la bolsa de la urna está llena de polvo de hada extinta!
¡Una maravilla! ¡Realmente es una maravilla de diamante!
¡¡¡A buena hora!!!

A unos metros de la urna, en la misma sala, en una pared había un gran panel que mostraba quiénes eran nuestros contrincantes en el Torneo y qué había aportado cada equipo.

SR. COPONOVICH
Y SRA. FORTUNYOVA
HERMANAS MOOD
GUITARRA RICKY
MABE DE JOHN LENNON
BOLSA DE POLVO
DE HADA EXTINTA
LINGOTE DE ORO
SR. HOOKER
Y SR. GONDORF

Aún seguíamos hablando de nuestros competidores cuando vimos algo que nos inquietó mucho.

¡Qué placer hacer tratos con alguien como usted, Doctor! Los dos vamos a salir muy beneficiados de nuestra alianza. ¡Es usted muy grande, Dr. Brot! ¡Mucho!
Sí, es cierto: ¡soy inmenso! ¡Uaajajajajajaja!
¡Qué bonita es la amistad desinteresada!

A pesar del mal rollo que nos dio ver al Dr. Brot abrazado al alcalde de Galerna, aquella noche, ya en la habitación, nos relajamos y estuvimos leyendo mientras Hole y Drílocks visitaban el despacho del alcalde.

Qué bestia Heinrich Hoffmann... Escribió *Pedro Melenas* y otros cuentos sobre niños que se queman, niños a los que les cortan los dedos... ¡Qué horror!
¡Y eso que lo que pretendía era educar a sus hijos!
Bueno, quizá más que educarlos, ¡pretendía horrorizarlos!
Escuchad, escuchad la historia de Pedro Melenas... ¡Corta, contundente y en verso perverso!

Por no cortarse las uñas
le crecieron diez pezuñas,
y hace más de un año entero
que no ha visto al peluquero.
¡Qué horroroso! ¡Uy, qué miedo!
¡Encontrármelo no quiero!
No hemos encontrado nada raro. En la caja fuerte solo había los contratos que hemos firmado, dentro de una carpeta que tenía una etiqueta con el título «Letra pequeña». Pero nada más.
¡Es curioso, lo de la letra pequeña!

4

PRIMERAS PRUEBAS Y PRIMEROS PERDEDORES

A la mañana siguiente, después de desayunar, llegó el gran momento. El alcalde anunció solemnemente la primera prueba del Torneo: una partida de dados. Se trataba de sacar un seis. Y el último equipo en sacarlo sería fulminantemente eliminado del Torneo.

¡Pero esto solo es pura suerte!
¡Tú lo has dicho!
Ya sabes, como dijo el amigo Mallarmé: ¡una tirada de dados jamás abolirá el azar!

El primero en lanzar los dados fue el Dr. Brot y superó la prueba a la primera. Era como para pensar mal. Pero, si había hecho trampas, no lo podíamos demostrar y, por lo tanto, tuvimos que seguir jugando.

Los demás equipos, incluidos nosotros, tuvimos que tirar un montón de veces porque no había manera humana ni monstruosa de sacar un seis.

Y al final llegaron los resultados. Los primeros en sacar un seis fueron el Sr. Coponovich y la Sra. Fotunyova, que estaban exultantes. Los segundos fueron los Sres. Dostoyevski. Y también sacaron un seis el Sr. Hooker y el Sr. Gondorf.

Y por fin, Lidia, en tres fases, lo consiguió: sacó un seis.

Que nosotros sacáramos un seis provocó que automáticamente las hermanas Hood, que iban a tirar después de nosotros, perdieran la primera prueba del Torneo sin ni siquiera haber lanzado los dados. Y, por consiguiente, fueron las primeras en tener que abandonar el Torneo.

Como no teníamos la siguiente prueba hasta la tarde, Emma nos invitó a tomar un refresco en el bar del hotel y allí nos encontramos al Sr. Coponovich y la Sra. Fortunyova. Y como estuvimos un buen rato charlando con ellos, nos enteramos de quiénes eran y a qué se dedicaban.

¡La guitarra que hemos aportado pertenecía a John Lennon!
Nuestra idea es ganar el concurso y con el dinero que consigamos compraremos una guitarra de George Harrison, un bajo de Paul McCartney y una batería de Ringo Starr.
¿Verdad que es una idea genial? ¡Los instrumentos de los cuatro Beatles!
La idea es que las futuras generaciones puedan tener acceso al sonido de los Beatles.

Las intenciones del Sr. Coponovich y la Sra. Fortunyova parecían bastante buenas, pero no habían tenido en cuenta que se estaban jugando la guitarra de su querido John Lennon.

Y llegó el momento de la segunda prueba. Cuando el alcalde explicó de qué iba a ir, yo, que me había subido a una silla para verle mejor, resbalé y me caí encima de una mesa llena de comida. La comida cayó al suelo y el Sr. Hooker al pisarla también resbaló y se la pegó. De repente, de los bolsillos de aquel hombre empezaron a caer cartas, dados, fichas, imanes y todo tipo de artilugios que hacían pensar que Hooker se estaba preparando para hacer trampas.

¡La letra pequeña no deja lugar a dudas! ¡Fuera del Torneo por tramposo!
¡Parece mentira! ¿Adónde vamos a ir a parar si la gente hace trampas?
¿Esto lo dice en serio, Doctor?
¡Calla, burro!

Me quedé hecho polvo. Aunque el Sr. Hooker i el Sr. Gondorf pretendieran hacer trampas, me sabía mal lo que había pasado. Por mi culpa habían sido expulsados del Torneo.

Aquella noche, cuando llegó la hora de leer, el Sr. Flat escogió «El patito feo», de Hans Christian Andersen. Y tenía un buen motivo para hacerlo.

Hans Christian Andersen era un tipo de lo más patoso. Cuenta la leyenda que en una fiesta real, derramó sin querer el ponche encima de los invitados. Y el rey Federico VI nunca más lo invitó a palacio.

Quizá precisamente porque era tan patoso, Andersen escribió cuentos como «El patito feo» y «El soldadito de plomo».
¡Va, va, leámoslo todos!
Yo, muchas veces, me he sentido como el patito feo...
A mí muchas veces me han dicho que soy un plomo...

5

EN PLENO TORNEO

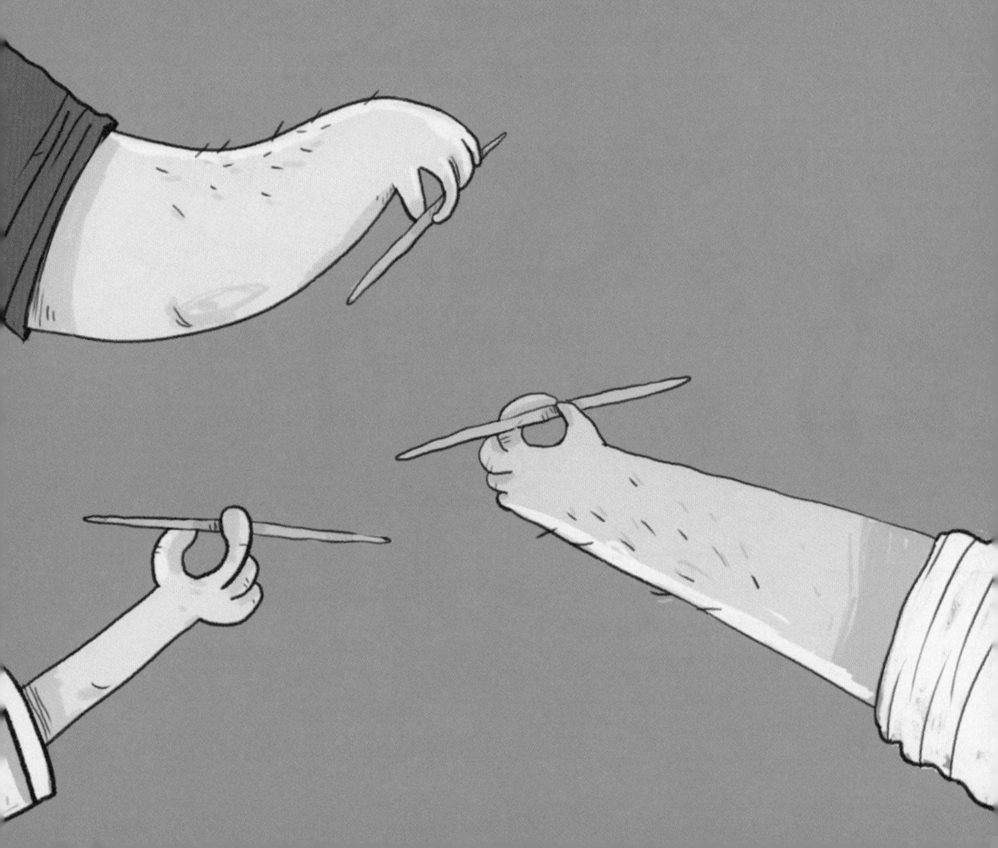

Por la mañana, cuando nos dirigíamos al restaurante para desayunar antes de la prueba, coincidimos en el ascensor con el Dr. Brot. Y, claro, el encuentro no fue agradable.

Tras aquel encuentro, decidimos desayunar en la habitación de Lidia, porque si queríamos podíamos desayunar en las habitaciones. Y con tal de no desayunar con el Dr. Brot habríamos desayunado en cualquier lugar.

A ver... ¡Aquí hay algo que no encaja! El Dr. Brot ha puesto el *Libro de los monstruos* como cebo para que nos apuntemos al Torneo...
Sí, ¿y qué?
Pues que no para de decir que vamos a perder. Está claro que hará todo lo posible para que perdamos. Pero esto, ¿esto adónde nos lleva? ¿Qué pretende?
¡Pretende que no consigamos el *Libro*!
Sí, claro. Pero si solo quisiera eso, no habría sido necesario que montara toda esta historia del Torneo.
¡Tienes razón, Ziro! Y cuando tienes razón, tienes razón. Y siempre tienes razón. Mucha razón. En conclusión: ¡tienes razón!

Como estábamos intranquilos, después de desayunar nos fuimos a ver la urna de cristal y nos aseguramos de que el *Libro de los monstruos* fuera el libro auténtico. Para evitar que por segunda vez el Dr. Brot utilizara un libro falso para engañarnos.

Más arriba...
Sí, sí... No hay duda. Es el *Libro de los monstruos*. El auténtico...
Pero, tienes razón, Flat. ¡Aquí está pasando algo y vete a saber qué es!

Emma, que había desayunado en el restaurante del hotel, nos explicó que el Dr. Brot y Nap habían comido como cerdos y se habían peleado con un camarero. Y nosotros le dijimos que ahora que ya habían caído dos de los equipos participantes teníamos muchos puntos para ser los terceros en abandonar el Torneo.

Y llegó la hora de la tercera prueba. Esta vez se trataba de jugar al mikado. El nombre me alarmó, porque pensé que iba a ser un juego muy extraño, pero resultó que el mikado no era otra cosa que el famoso juego de los palillos chinos.

El primero en sacar un palillo fue el Dr. Brot, y lo hizo sin ningún problema. Después lo hicimos los demás equipos. Era fácil sacar los primeros palillos porque unos cuantos habían quedado encima y otros, lejos de todos los demás.

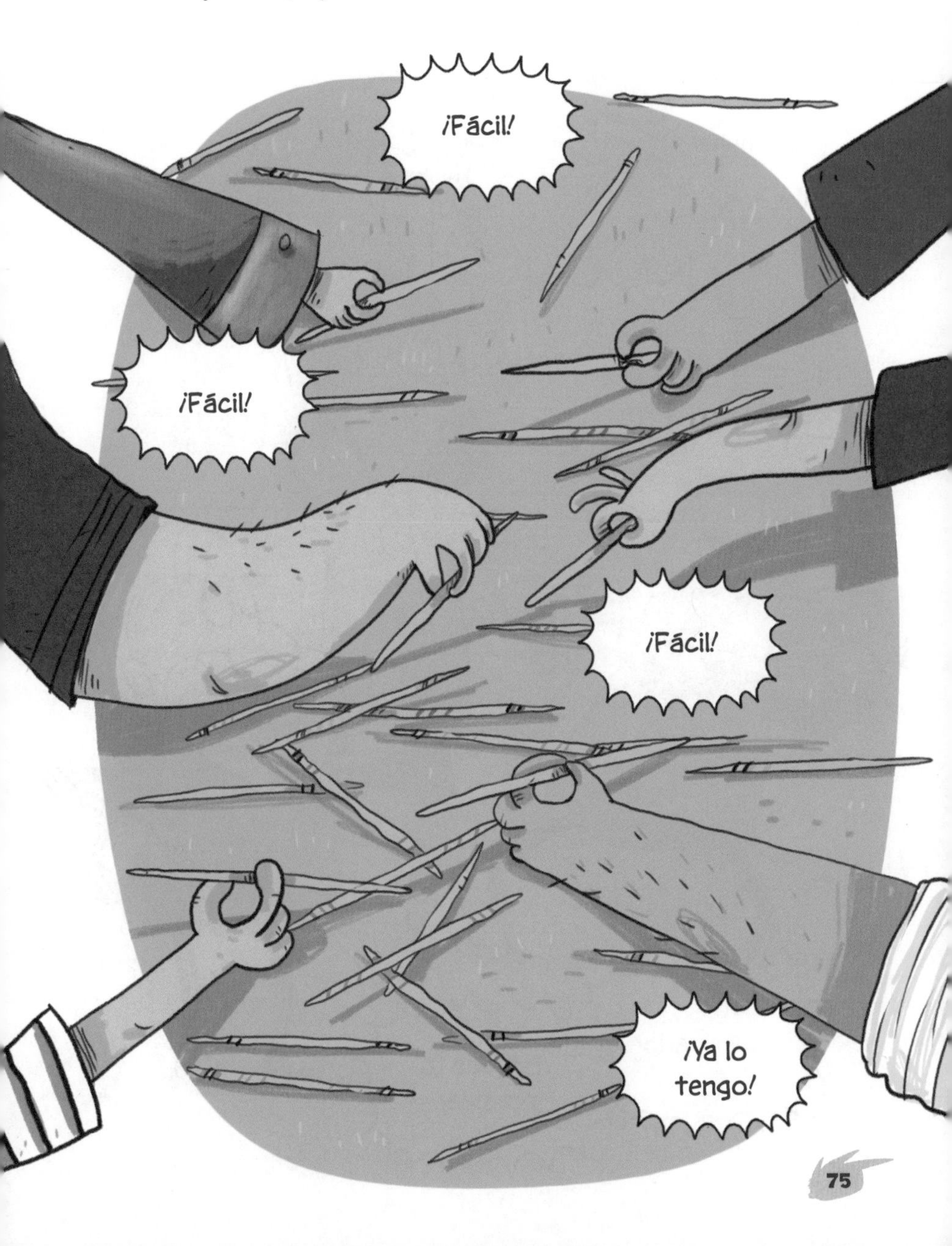

Cada equipo sacó dos palillos más sin ninguna dificultad, pero de repente las cosas se complicaron. Ya solo quedaban palillos muy difíciles de sacar. Y entonces tuvimos una suerte alucinante. Los pobres Sres. Dostoyevski movieron todos los palillos.

¡UF, por los pelos!

Nuevamente la suerte nos había sonreído. Nuestros contrincantes, que no habían tenido tanta suerte, estaban hechos polvo y nos dedicamos a consolarlos.

Hemos perdido lo único que teníamos de valor... Si hubiéramos vendido la bolsa de polvo de hada extinta habríamos podido replantar el bosque en el que vivimos, que se quemó hace poco... Pero, en fin, ya podemos ir despidiéndonos del bosque.
Pues qué queréis que os diga, a nosotros el barril de caviar nos lo dejó en préstamo una cofradía de pescadores de esturiones.
¡Mira que se lo dije! Pero tampoco es cuestión de recordárselo ahora que está hecha polvo.
Sí, nos lo dejaron los pescadores de la APAV, la *Asociación de Pescadores Altamente Vengativos*. No sé si me explico...

Así fue como descubrimos que todos los equipos que participaban en el Torneo tenían sus propios problemas. Y a mí incluso el Sr. Hooker y el Sr. Gondorf me daban pena.

Pues nosotros si no devolvemos el lingote de oro el lunes al Banco Central de Galerna vamos a tener un problema con la justicia.
Sí, digamos que también nos lo llevamos en préstamo. La idea era ganar el Torneo, devolver el lingote y, con todo lo que ganáramos, construir el Hogar del Delincuente. Así los delincuentes como nosotros, al hacerse viejos, tendrían un lugar donde pasar sus últimos años de vida.
Nosotros pretendíamos crear la biblioteca más grande jamás imaginada en nuestro pueblo.
Sé que no nos creeréis, pero de pequeños conocimos unos monstruos... Y nos contagiaron las ganas de leer y escribir. Pensábamos que si extendíamos esta manía a todo nuestro pueblo, en pocas generaciones conseguiríamos un salto cultural sin precedentes.

No podíamos evitar estar tristes por nuestros compañeros de torneo. Y quizá por eso, para hacernos reír, el Sr. Flat nos leyó unos cuantos récords del *Libro de los récords Guinness.*

Nos reímos mucho, porque aquellos récords eran auténticas chifladuras que parecían inventadas por la mente estrafalaria de un perturbado como el Dr. Brot.

Purin, un perro beagle, paró 60 penaltis en 60 segundos.
La tortuga Bertie corrió a una velocidad de 0'28 metros por segundo.
1
La Sra. Ann Atkin tiene 2.042 nomos en el jardín de su casa.

John Evans, de setenta años, es capaz de sostener un coche con la cabeza.
André Ortoff es la persona que corre más rápido con botas de esquí.
Me pregunto qué extraña idea le pasó por la cabeza a ese tipo para ponerse a correr con botas de esquí.
¿Y qué me dices del abuelo que sostiene un coche con la cabeza?

6

UN MAL MOMENTO

Ya solo quedaban tres equipos: el del Dr. Brot y Nap, el del Sr. Coponovich y la Sra. Fortunyova y el que formábamos Lidia y yo. Y, teniendo en cuenta nuestros nulos conocimientos de los juegos de mesa, las probabilidades que teníamos de continuar en el Torneo eran mínimas. Y, claro, esto me tenía muy desanimado.

Como me levanté tarde, prácticamente no pude desayunar. El Dr. Brot y Nap habían acabado con todo el bufé libre del restaurante.

Cuando Nap me dijo que desayunara para tener energía para jugar al fútbol, lo atribuí a la inmensa tontería que llevaba encima, pero cuando el alcalde nos comunicó de qué iba a ir la siguiente prueba, me quedé atónito.

¡Eso es trampa! Nap ya sabía que íbamos a jugar al fútbol de botones. ¡Me lo ha dicho hace un rato!
No, no, no, no... ¡Mentira podrida!
Nap ha dicho «fútbol», no «fútbol de botones». Este niño es un impresentable. ¡Es un mentiroso indecente!
¡Oiga, no tolero que le hable así a mi alumno!

Los monstruos, Emma y Lidia se indignaron, pero nadie más me hizo caso. Y de pronto ya estábamos alrededor de una mesa, esperando que el alcalde lanzara el botón que hacía de pelota.

Tú tranquilo, Agus. Además, ¡dijiste que el fútbol de botones te gustaba mucho!
¡Sí, pero no he jugado nunca!
Nosotros tampoco, ¿verdad, Fortunyova?
¡Calla, calla y concéntrate!, que necesitas que el poco cerebro que tienes esté pendiente de los botones.
¡Abandonad toda esperanza! ¡Uaajajajaja!

De repente, la mesa se convirtió en un no parar de botones que corrían a lo largo y ancho a golpe de otros botones. Por suerte, Lidia, que fue quien acabó jugando los últimos minutos, enseguida pilló el truco.

Y entonces se produjo el desastre. A Lidia se le cayó un botón de la mesa. Según el alcalde, la letra pequeña del reglamento dejaba muy claro que, si un botón se caía de la mesa, no podía ser recogido hasta que los demás equipos hubieran chutado una vez cada uno.

Estábamos perdidos. Era el turno del Sr. Coponovich y la Sra. Fortunyova. Y entonces, por increíble que parezca, nuestros contrincantes no chutaron contra nuestra portería, que estaba desprotegida. ¡Chutaron contra la portería del Dr. Brot!

Y en un ataque de tontería profunda, la Sra. Fortunyova dispara su botón contra la portería del Dr. Brot, ¡que para el botón de una manera espectacular!
No. No ha sido ninguna tontería. ¡Ha sido un acto de deportividad y saber estar que dice mucho de nuestros contrincantes!

Pese a la deportividad de nuestros adversarios, estábamos perdidos. Ahora el botón-pelota estaba en poder del Dr. Brot. Y entonces… Bueno, lo que pasó entonces fue una cosa inimaginable y, aparentemente, sin sentido.

Intentamos ayudar en lo que pudimos al Sr. Coponovich y la Sra. Fortunyova, pero estaban desconsolados. El Sr. Coponovich lloraba sin parar y la Sra. Fortunyova, que se había quedado empanadísima, cantaba mezclando las letras de las canciones de los Beatles.

El alcalde nos anunció que la Gran Final tendría lugar dentro de veinticuatro horas, así podríamos descansar y estar frescos para la última prueba del Torneo. Pero había una cosa que seguía siendo inexplicable: ¿por qué el Dr. Brot no nos había marcado el gol a nosotros, cuando lo tenía todo a favor?

¿Queréis que os diga por qué el Dr. Brot no nos ha marcado el gol a nosotros?

Porque quiere que continuemos en el Torneo hasta la Gran Final. ¿Y por qué? Eso no lo sé, ¡pero tiene que haber un motivo!

Traedme la copia del contrato, por favor. ¡Quiero leer la letra pequeña!

Emma, con muy buen criterio, compró unas cuantas cajas de pañuelos que nos fueron muy útiles para consolar a nuestros contrincantes. Ahora que habían perdido parecían seres desvalidos, y no ayudarles habría sido muy ruin.

No me gusta ver a la gente tan hundida.
Quizá no deberían haber jugado, pero es injusto que esta gente esté así...
Solo pretendían arreglar sus problemas o conseguir sus objetivos en la vida. A mí tampoco me gusta verlos así.

Mientras Lidia y Emma seguían consolando a los participantes, me acerqué al Sr. Flat y a Ziro, que releían el contrato y prestaban especial atención a la letra pequeña.

¿Habéis encontrado algo?
¿Que si hemos encontrado algo? ¡La letra pequeña está plagada de bestialidades!
Cuando alguien tiene interés en que los contratos sean extremadamente complicados y llenos de letra pequeña, ya puedes echar a temblar.
¿A qué se refiere, Sr. Flat?
Mira, lo que te voy a contar ya sé que te parecerá increíble, pero pasó hace poco en un país no muy lejano.

LO QUE ME CONTÓ EL SR. FLAT SOBRE LA LETRA PEQUEÑA EN LOS CONTRATOS

Hace tiempo los bancos de un país cercano hicieron grandes ofertas a sus clientes para que ganaran mucho dinero con lo que tenían ahorrado.

Con este producto ganarán un montón de dinero...
Firme, firme..., ¡que me lo quitan de las manos!

Los clientes, especialmente los abuelos, estuvieron encantados y firmaron alegremente los contratos. Confiaban en la gente que trabajaba en los bancos y cajas, y la oferta era tan buena…

Firme las diez copias. Y ya que estamos, de paso, firme en cada página.
Y así, seguro que no puedo perder mi dinero, ¿verdad? No corro ningún riesgo.
¡Claro que no, hombre! ¡Nuestro banco responde!

Pero al cabo de un tiempo, los abuelos, y la gente en general, empezaron a ver que perdían los ahorros. Y cuando se quejaron, ¿qué les dijeron?

Escuche, la letra pequeña lo decía bien claro... Hay un riesgo. ¡Haber leído bien el contrato!
Pero es que usted me dijo...
Usted me dijo, usted me dijo... ¡Haber leído bien el contrato, hombre!
Dicen, dicen, dicen... ¡Haber leído la letra pequeña!
Es que no era pequeña, ¡era microscópica!
A la gente que perdió sus ahorros les dijeron que lo que había pasado era completamente legal y que la letra pequeña ya dejaba claro que podrían perder su dinero.
Y por lo tanto los bancos no se hicieron responsables. ¡Nadie se hizo responsable de nada!
Agus, en nombre de todos los monstruos y en el mío propio, un consejo: jamás te fíes de la letra pequeña ni de las frases que parezca que no quieren decir nada... Y aún te diría más: jamás te fíes de un banco.
¡Qué pasada!

7

LA HORA DEL DR. BROT

A la mañana siguiente, ya convertidos en finalistas del Torneo, unos gritos escandalosos nos despertaron a primera hora. Y cuando abrimos las puertas de nuestras habitaciones para ver qué pasaba, nos encontramos con todo el personal de seguridad del hotel y un montón de gente en el pasillo.

¡Se les acusa de haber robado el contenido de la urna de cristal!
¿Qué? ¿Esto es una broma?
Esto tiene que ser una pesadilla. Pero me sé un truco: ¡cierro los ojos, los vuelvo a abrir y toda esta gente desaparece!
112
113

Evidentemente el truco de Emma no funcionó. Entre otras cosas, porque lo que nos estaba pasando era una pesadilla muy real. Nos encerraron a los tres en un despacho del hotel y nos dijeron que no saldríamos de allí hasta que confesáramos.

Y cuando confesemos, ¿qué?
Entonces os vendrá a buscar la brigada móvil de la Policía de Galerna y os llevarán ante el juez. ¡Y de allí a la prisión!
¡Perfecto! En ese caso, ¡no confesaremos!
Pero, a ver... Si esto no es una pesadilla, entonces seguro que tiene que haber una cámara oculta y nos están haciendo la típica broma pesada. ¿Lo darán por la tele?

A los de seguridad les faltaba un dato muy importante. Nuestros amigos se habían quedado en la habitación y, conociéndolos, estaba claro que solo cabía esperar. Prueba de ello es que Hole, unos segundos más tarde, asomó la cabeza junto a nuestros pies.

¡Emma, Agus, tranquilos! Vamos a solucionar esto de una manera o de otra... De momento, hemos tenido que parar a Emmo porque ya quería empezar a repartir bofetadas.

Todo lo que pasó a partir de este momento y casi hasta el final del capítulo me lo tuvieron que contar los monstruos después de que todo hubiera terminado, porque yo estaba encerrado en aquella habitación con Lidia, que no paraba de incomodar a los de seguridad, y con Emma, que intentaba buscar una explicación mínimamente lógica a lo que estaba pasando.

El Sr. Flat y Ziro acabaron de leer atentamente la letra pequeña y tuvieron una idea. Se fueron con Hole y Pintaca al despacho del director. Una vez allí, Hole hizo un agujero en la caja fuerte, cogió los contratos y Pintaca les hizo unos retoques que, a primera vista, eran imperceptibles.

Octosol, Drílocks, la Dra. Veter y Brex estuvieron buscando el contenido de la urna por todo el hotel y la Feria. Y cuando ya empezaban a ponerse nerviosos, vieron que el Dr. Brot y Nap estaban hablando con el alcalde y, entonces, tuvieron una idea: ir al registrar la habitación del Doctor.

Aparentemente en la habitación del Dr. Brot no había nada, pero de repente Brex encontró dentro de un armario la bolsa que Nap utilizaba en sus actuaciones cuando era el mago Pan. Y..., ¡bingo!

Hole y Emmo encontraron la manera de volver a meter dentro de la urna todo lo que habían encontrado sin tener que romper el cristal. Agujerearon el techo del piso de debajo de donde estaba la urna y, no se sabe cómo, fueron introduciendo todo el material.

Y, de repente, cuando los clientes del hotel empezaron a ver que la urna estaba otra vez llena, hubo un alboroto. ¡Nadie entendía nada!

Nadie entendió nada, pero quedó muy claro que nosotros no podíamos haber robado el material. ¿Cómo se suponía que íbamos a robar el material de la urna estando encerrados en aquel despacho? Por esa razón no tuvieron más remedio que pedirnos perdón y dejarnos salir.

El Dr. Brot tenía muy claro lo que había pasado, pero como nadie le hacía caso, estuvo a punto de sufrir uno de sus ataques de rabia. Y suerte tuvo de que Nap estuviera allí.

Emma tampoco entendía nada, y acabó pensando que todo aquello había sido una increíble pesadilla, porque las otras posibilidades que le pasaban por la cabeza aún le parecían más extrañas.

Podría ser un caso de efecto paranormal. Mira que yo no creo en estas burradas, pero es que no le encuentro otra explicación.
Aunque también podría tratarse de una abducción extraterrestre...
O a lo mejor estoy tomando demasiado té y me está afectando al cerebro.

Y en medio de aquel misterio irresoluble, quizá para desviar un poco la atención, el alcalde decidió anunciar la siguiente prueba, la prueba decisiva del Torneo, la Gran Final.

8

PRÁCTICA Y RELAX

Tan pronto como conseguimos regresar a nuestras habitaciones, nos pusimos a entrenar. Pero nos dimos cuenta de que era totalmente absurdo, porque se trataba de un juego de puro azar. El Dr. Brot y Nap sacarían una carta; nosotros, otra. Y simplemente ganaría la carta más alta.

Era muy injusto que la suerte decidiera la final. Y, por otro lado, estaba claro que había que vigilar al Doctor para que no hiciera trampas y al alcalde para que no lo favoreciera.

No sé... ¡Es como si el mundo se me cayera encima!
¡A mí es como si se me cayera encima la galaxia!
¡Basta! ¡Dejemos de lamentarnos! ¡Animémonos!
¡Vamos a dar una vuelta!

Nuestro paseo nos llevó a la sala de la urna, donde nuestro amigo joyero no se cansaba de admirar el diamante. Emma, como lo había visto varias veces observando nuestro diamante, llegó a una conclusión absolutamente absurda.

Y entonces llegó el momento de relajarnos. Emma se quedó en el bar del hotel porque quería tomarse un té y leer un poco. Nosotros nos fuimos al gimnasio del hotel. Y, como en el gimnasio no había nadie más, cerramos la puerta por dentro y nos relajamos a lo bestia, monstruosamente.

¡Eh, allí están el Dr. Brot y Nap!

Desde la ventana del gimnasio pudimos ver que el Dr. Brot y Nap estaban en el jardín del hotel, lavándose las manos en un líquido asqueroso que tenían dentro de una palangana.

Cuando el Dr. Brot y Nap se marcharon, fuimos a ver qué era aquel líquido asqueroso en el que se habían lavado las manos. Y tuvimos suerte, porque los muy cerdos se habían dejado la palangana en el jardín. Bueno, y también tuvimos suerte de las capacidades de Brex para analizar y determinar qué eran aquellos productos.

¡Esto es cola! ¡Cola removible de última generación!
¿Qué quiere decir «removible»?
Quiere decir que se puede enganchar y desenganchar y volver a enganchar todas las veces que sea necesario, y sin ningún problema.

¿Y por qué estúpida razón se han lavado las manos en la cola? ¡Están locos!
¡Me temo que eso lo sabremos pronto!
Lo que está claro es que no lo han hecho con ninguna buena intención. ¡Eso seguro!

Fuimos a buscar a Emma. Estaba en bar leyendo *Ulises*, de James Joyce, y nos costó un poco arrancarla de allí porque estaba completamente sumergida en la lectura. Nos dijo que cuando fuéramos mayores, a los veinte o treinta años, no podíamos perdernos aquella obra maestra. Y mientras nos la contaba, un camarero nos dio la noticia.

Oh..., Leopold..., Molly..., Stephen...
No sabéis lo bien que lo he pasado. Quizás ahora esta lectura se os haría un poco pesada, pero cuando seáis mayores no os la podéis perder de ninguna manera.

¡Esta mujer cada día me gusta más! ¡Si fuera un monstruo me enamoraría de ella!
Señoras, señores, dentro de unos minutos comienza la Gran Final. Si quieren hacer el favor de acompañarme...

9

LA GRAN Y ALTA FINAL

Cuando llegamos a la sala donde se celebraba la final, el Dr. Brot y Nap ya estaban allí. También había dos mesas, una para el Dr. Brot y Nap y otra para nosotros. Y, encima de cada mesa, vimos varias barajas de cartas. Nos pareció extraño que necesitaran dos mesas para jugar a la carta más alta, pero esperamos a que el alcalde nos diera una explicación.

¡Señora, relájese un poco! ¡La construcción de estructuras de castillos con cartas o naipes es un juego de mesa como cualquier otro!

Emma se quejó formalmente, pero el alcalde le mostró que en la letra pequeña del contrato, en el apartado de la clasificación de juegos de mesa, figuraba la «construcción o estructura de cartas en vertical conocida también, en casos insólitos, como la carta más alta».

¡Es exactamente como lo explicó el Sr. Flat! ¡La letra pequeña solo sirve para que puedan jugar sucio legalmente!
Pero ahora no tenemos más remedio que jugar...

Y entonces de pronto tuvimos claro para qué servía la cola removible con la que el Dr. Brot y Nap se habían lavado las manos. Gracias a la cola, las cartas se engancharían unas a otras, y así, para ellos, sería muy fácil levantar un castillo que no se derribara.

¡Qué locura! Estaba más que claro que hacían trampas. Pero nosotros solo podíamos hacer una cosa: seguir jugando. Si jugábamos, teníamos todas las de perder, pero quizá también teníamos alguna posibilidad de ganar. Y si no jugábamos… Entonces perdíamos seguro.

Y empezamos a construir los castillos de cartas. Nosotros íbamos a buen ritmo, pero el Dr. Brot y Nap levantaban el suyo a toda velocidad y sin ningún problema. Era imposible seguirles el ritmo.

¡Es tan fácil que casi no tiene emoción!
Pero así ¿al final era legal lo de lavarse las manos en cola revivible?
¡Calla, burro!

Estaba claro, muy claro: iban a dejarnos en ridículo, pero entonces el Sr. Flat y Ziro nos dieron una serie de instrucciones.

3:47
Sacad a Emmo de la bolsa. Decid que es una máquina y colocad en su interior varias barajas de cartas. Brex le ha hecho unos cuantos retoques para la ocasión. ¡Dejad que él se ocupe de todo!
¡Pero se quejarán!
Hemos repasado la letra pequeña y no dice nada del uso de máquinas.
Vamos a intentar provocar un empate. Si lo conseguimos, decid que queréis repasar la letra pequeña del contrato. ¡Insistid hasta que lo consigáis!

Siguiendo las instrucciones del Sr. Flat, sacamos a Emmo de la bolsa y comprobamos que Brex realmente lo había transformado de tal manera que parecía una máquina.

Hicimos exactamente lo que nos dijo el Sr. Flat. Colocamos varios juegos de cartas en el interior de Emmo. Y de repente, las cartas empezaron a salir volando desde el interior de nuestro amigo para ir colocándose unas encima de otras con una precisión sorprendente.

¡Increíble!
¡Increíble!

Y entonces sonó el cronómetro del alcalde. Había llegado la hora de la verdad, la hora de comprobar quién había conseguido colocar la carta más alta. Y no estaba nada claro.

10

EL FINAL DE LA FINAL

Pasaron veinte minutos hasta que los ayudantes del alcalde consiguieron encontrar un metro. Y en cuanto midieron los castillos de cartas descubrieron que habíamos conseguido un empate exacto. Y aunque el alcalde y el Dr. Brot buscaban la manera de continuar el juego, nosotros recordamos que el Sr. Flat nos había dicho que nos negáramos a cualquier cosa que no fuera leer la letra pequeña del contrato.

No, no, no... ¡La letra pequeña no dice nada de eso!
¡Eso! ¡Leamos la letra pequeña!
¡Lo están haciendo genial! ¡Todo marcha según lo previsto!

Mientras el alcalde y el Dr. Brot discutían qué debían hacer, el Sr. Flat y Ziro insistieron en que exigiéramos los contratos para ver la letra pequeña. Y aunque nos pidieron algo incomprensible, les hicimos caso porque confiábamos plenamente en ellos.

Aunque el Dr. Brot y el alcalde buscaban desesperadamente una solución que los beneficiara, Lidia y yo nos plantamos. Pedimos insistentemente que nos trajeran los contratos porque queríamos que leyeran la letra pequeña.

El alcalde no tuvo ningún inconveniente porque precisamente él era un auténtico fanático de la letra pequeña, pero sobre todo porque, seguramente, pensó que podría encontrar alguna solución a su medida.

¡Claro que leeré la letra pequeña del contrato! ¡Es la más importante y hay que seguirla al pie de la letra! ¡Cuanto más pequeña es la letra, más importante es!
¿Le importaría leer la primera frase de la letra pequeña del contrato, Sr. Alcalde?
Leo... ¡la letra pequeña es la parte más importante de este contrato y no haberla leído o entendido no exime de cumplir lo que dice!
¿Y ahora podría fijarse en el punto de la última letra *i* de la letra pequeña, por favor?
¡Grrrr!

A simple vista, ni el alcalde ni nadie fueron capaces de ver nada en el punto de la última *i* de la letra pequeña, pero cuando le pasamos la lupa y volvieron a mirar, las cosas cambiaron radicalmente.

El Dr. Brot se puso como un energúmeno. Como suele pasar con los tramposos crónicos, resultó que las trampas de los demás le ponían muy nervioso y, sobre todo, lo que le fastidiaba era que no podía demostrar que habíamos hecho trampas.

El alcalde, acostumbrado a los tejemanejes con los contratos, sabía que no podía hacer nada y que tenía que continuar como si todo aquello fuera normal.

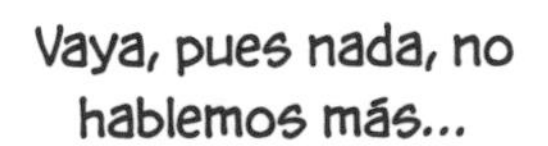

Vaya, pues nada, no hablemos más...
De lo que tenemos que hablar es del tejado de nuestra escuela. Cada año en los presupuestos hay cosas más importantes, como este absurdo Torneo...
Pero ahora, como le sobra el millón de euros que no ha perdido, podrá arreglarnos el tejado, ¿no?

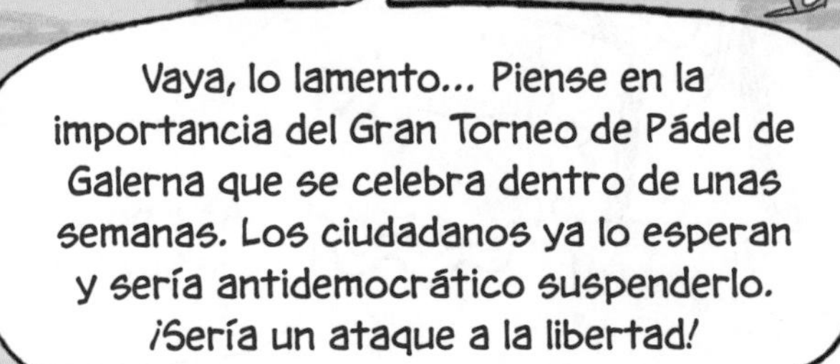

Vaya, lo lamento... Piense en la importancia del Gran Torneo de Pádel de Galerna que se celebra dentro de unas semanas. Los ciudadanos ya lo esperan y sería antidemocrático suspenderlo. ¡Sería un ataque a la libertad!

Era increíble que miles de adultos de Galerna hubieran votado a aquel alcalde cuando nosotros veíamos que era un desgraciado, un mentiroso y un estafador.

Lo único que siento es que la escuela se quedara sin su tejado nuevo. ¡Y seguiremos mojándonos!
Ay, hija, habéis hecho lo que habéis podido. Y si estos animales no se gastaran el dinero en barbaridades, nuestra escuela ya haría años que tendría el tejado arreglado.

Cuando salimos de la sala donde se había celebrado la final, fuimos a ver a los otros participantes del Torneo. Les teníamos que entregar los objetos que habían aportado para participar en aquel engaño.

¡Sois admirables!
¡Con niños como estos, el mundo está salvado!
Ya lo decían los Beatles: *¡all you need is love!* ¡Y a vosotros de *love* os sobra mucho!

Nosotros nos quedamos con el diamante que había fabricado Brex y esto hizo que pasara algo que no habíamos planificado. Nuestro amigo joyero nos hizo una oferta por el diamante.

Ahora que habéis recuperado vuestro diamante, quiero haceros una oferta. Es una pieza única. ¡No quiero que me lo vendáis sin saberlo!
¡Lo sabemos, lo sabemos! Pero estamos interesados en su oferta. Necesitamos arreglar el tejado de nuestra escuela.

Mira por dónde, Emma, ¡me parece que vamos a arreglar el tejado!

Llegamos a un acuerdo con el joyero: a cambio del diamante, él pagaría lo que costara arreglar el tejado de la escuela.

Al final las cosas más o menos nos habían salido bien, si no fuera porque de la misma manera que todos los participantes se fueron con los objetos que habían aportado, el Dr. Brot también se fue con el *Libro de los monstruos*. Una vez más habíamos perdido la oportunidad de recuperar el *Libro*. Y a Lidia y a mí nos supo muy mal.

Si podías empatar también podías ganar, ¿verdad?
Sí, Agus, pero no habría sido justo. Vuestros contrincantes también tenían derecho a una segunda oportunidad...
Sí. Lo sabemos, pero...

Cuando os acusaron del robo, encontramos el *Libro* y los otros objetos, pero no podíamos irnos y dejaros en aquel despacho...
Y ahora tampoco habría sido justo quedarse con el *Libro*. ¡Es preferible que todo el mundo gane un poco a que alguien lo gane o lo pierda todo!
Y no sufráis. ¡Un día u otro recuperaremos el *Libro de los monstruos*!

A veces no era fácil entender a los monstruos, pero lo que estaba claro era que su generosidad con los demás era a prueba de bombas. Y, por eso, cuando nos despedimos de nuestros amigos del Torneo les recordamos que habían tenido mucha suerte.

Habéis estado a punto de perder todo lo que teníais. Y muchos de vosotros habríais tenido problemas, y de los gordos. No os la volváis a jugar, amigos.
Esta vez habéis tenido suerte. Pero todo habría podido acabar como un gran desastre. ¡Adiós, chicos!
¿Tú crees que nos han entendido, Agus?
Sssss... ¡No!

¡Ya no hay chavales así!
Si alguna vez nos necesitáis contad conmigo. ¡Palabra de delincuente!
¡Tienes toda la razón!
Si no hubiera sido por ellos...
¡Y conmigo, para lo que sea!
¡Y conmigo!
¡Y conmigo!
¡Y conmigo también!

11

UN POCO DE NORMALIDAD, PERO SOLO UN POCO

Nuestra vida de jugadores se había terminado. Aquella noche ya dormimos en casa y Lidia vino a mi habitación para celebrar que todo había acabado bien. Era una suerte disponer de los agujeros de Hole.

Cuando recordábamos el contrato del Torneo hubo una discusión. Los monstruos no recordaban en qué película de los Hermanos Marx Groucho y Chico empezaban a recortar un contrato hasta dejarlo en su mínima expresión. Lidia y yo no sabíamos nada de los Hermanos Marx, pero aquella noche los descubrimos.

Para acabar la discusión, Brex construyó un proyector con dos cajas de cartón y mi lupa. Después me pidió el teléfono móvil de mi madre y empezó a proyectar la película *Una noche en la ópera*.

Ver cómo los Marx recortaban el contrato hasta dejarlo en una sola frase era para troncharse.

¡Sí, me parece muy bien! Siga, siga... ¡Carguémonos otro trozo!

A la mañana siguiente, ya totalmente relajados, Lidia y yo nos encontramos en el rellano de la escalera para ir juntos a la escuela. Los monstruos, con buen criterio, habían decidido quedarse en casa para seguir viendo las viejas películas de los Hermanos Marx. Y a nosotros nos pareció muy bien que se quedaran a descansar.

¡Y no era mudo! Escribió un libro excelente sobre su vida, «¡Harpo Habla!». Y, por cierto, deberíamos cogerlo en la biblioteca.
Y además de Groucho, Harpo y Chico, también había dos hermanos más: ¡Zeppo y Gummo!

Cuando llegamos a la escuela tuvimos una sorpresa muy agradable. Emma no había perdido el tiempo. Había contratado una empresa constructora que ya había empezado a trabajar en las obras del tejado. La próxima vez que lloviera, no íbamos a mojarnos.

Ya lo veis: ¡no dejes para mañana lo que puedas hacer hoy!
¡Y ahora os espera otra gran sorpresa!

En efecto, las obras del tejado no fueron la única sorpresa. Emma había explicado a todo el mundo cómo habían ido las cosas durante el Torneo y nuestros compañeros, para darnos la bienvenida a la escuela, de buena fe, nos prepararon un concurso de juegos de mesa.

¡Bienvenidos!
¡Concurso de juegos de mesa!
¿Qué? ¡¡¡Lo que nos faltaba!!!
¡¡¡Juegos!!!
¡¡¡Más juegos!!!

Por suerte encontramos la solución. Quizá no era la mejor solución del mundo, pero por lo menos era una solución.

Salimos del lavabo y pasamos el resto del día en la enfermería de la escuela, tomando manzanillas, mientras nuestros compañeros participaban en el concurso de juegos de mesa que nos habían preparado. ¡Ya habíamos tenido suficientes juegos!

¡Chinchín! ¡Yo tampoco!

Creíamos que íbamos a pasar el día solos, pero la sala de la enfermería se fue llenando de gente que venía a saludarnos: nuestros compañeros, las maestras, las cocineras de la escuela, la directora, los monitores del comedor y, evidentemente, Emma.

¿Y ahora por qué brindamos, Lidia?
¡Por los monstruos!
¡Por los monstruos!

Y MUY PRONTO...
UNA NUEVA AVENTURA:

EL SALTO DEL TIEMPO

Una tela muy especial,
un problema temporal,
un viaje inusual...,
¡Y UN MONTÓN DE LÍOS!

Y si saltamos sobre la cama elástica, ¿viajaremos en el tiempo?
¿Sabes qué? Tú salta y ya veremos qué pasa...

¡CUÁNTAS AVENTURAS HEMOS VIVIDO YA!
¡DESCÚBRELAS TODAS!

AGUS Y LOS MONSTRUOS
LA GUERRA DEL BOSQUE
JAUME COPONS & LILIANA FORTUNY
combel

AGUS Y LOS MONSTRUOS
LA CANCIÓN DEL PARQUE
JAUME COPONS & LILIANA FORTUNY
combel

AGUS Y LOS MONSTRUOS
¡LLEGA EL SR. FLAT!
JAUME COPONS & LILIANA FORTUNY
combel

AGUS Y LOS MONSTRUOS
¡SALVEMOS EL NAUTILUS!
JAUME COPONS & LILIANA FORTUNY
combel

AGUS Y LOS MONSTRUOS
EL DÍA DEL LIBRO DE LAS GALAXIAS

AGUS Y LOS MONSTRUOS
LA CARTA MÁS ALTA
JAUME COPONS & LILIANA FORTUNY
combel

AGUS Y LOS MONSTRUOS
LA LEYENDA DEL MAR
JAUME COPONS & LILIANA FORTUNY
combel

AGUS Y LOS MONSTRUOS
DE LIBRO EN LIBRO
JAUME COPONS & LILIANA FORTUNY
combel

Ahhhh
AUCH!